기쁨의 수로

이희정 제7시집

한누리미디어

국립중앙도서관 출판시도서목록(CIP)

기쁨의 수로 : 이희정 제7시집 /지은이 : 이희정. -- 서울 : 한누리미디어, 2016
p. ; cm

ISBN 978-89-7969-717-9 03810 : ₩9000

한국 현대시 [韓國現代詩]

811.7-KDC6
895.715-DDC23 CIP2016006793

이희정 제7시집

기쁨의 수로

지은이 / 이희정
표지화 / Hwa Dam(황만조)

발행인 / 김영란
발행처 / 한누리미디어
디자인 / 지선숙

04043, 서울시 마포구 잔다리로 35, 2층(서교동, 서운빌딩)
전화 / (02)379-4514, 379-4519
Fax / (02)379-4516
E-mail/hannury2003@hanmail.net

신고번호 / 제300-2006-61호
등록일 / 1993. 11. 4

초판발행일 / 2016년 3월 15일

값 9,000원

ISBN 978-89-7969-717-9 03810

自序

나도 당신도 어느 수로의 물이려니
세상을 흐르다가
함께 방랑을 멈추려니
《기쁨의 수로》를 펴낸다
시와 교신하는 나는
지금도 사랑을 하고
지금도 그리워한다
"엄마야 아프지마, 그리고 막내야 꽃향기 가득한 빅토리아 잘 다녀오거라"

2016년 3월

이 희 정

차례 Contents

제 1 부 기쁨의 수로

제 2 부 가을 표상

차례 Contents

제3부 초겨울 연가

제 4 부 자화상

차례 Contents

제 5 부 가난한 여정

제 1 부

기쁨의 수로

기쁨의 수로

해안선이 길수록
칼바람이 많이 다녀간다는
바다에도
봄이 부화중이라고
소식이 왔다
눈부신 날갯짓만으로도
모습을 알 수 있는
바다오리들도
홀가분한 영혼을 멀리서
눈부시게 한다
속삭일 수조차 없었던
내 틈새에도
물소리 들린다
부처가 앉아있는 끝
나한의 호기심을
초승달로 바꿔놓는다
슬픔이면 어쩌랴
고독이면 어쩌랴
내 속에 강물을 흐르게 하여
수로를 만들어 놓는
기쁨 다섯 개

술

그대가 물이어서, 물이 아니어서
내 속에 왔다면
어화둥둥 잘 살아 보자고
붉은 꽃 내 얼굴을
손바닥으로 감싼다
웃음 대신 꺽꺽 울음을 삼킬 때에도
나의 배역을 그대는 잘 해 주었고
가끔씩 외할머니의 허기를 채워 주던
무채색 같은 한평생이
뉘엿뉘엿 넘어가던 그 숨결 속
소생의 오르가즘을 보이던
의뭉한 그대를 만나고 싶은
가을 저녁
차고도 당찬 어스름

물푸레나무

황새가 산다는 그 골짜기로
나는 흘러서 갔다
물푸레나무들이
면적을 넓히고 있었다
나무에 사는 요정 멜리아스는
푸른 물관부에서
물 흐르는 소리를 희망이 이게 했다
이른 아침 새소리가
우리들의 꿈이며 희망이었듯이
물푸레나무 등걸은 물에 담그면
파란 물이 우러났다
비닐 속 세상이다

자식, 그리고 열매

고향이 생각나면
내 웃음 눈물이 되듯이
가슴에 길을 만들며
알토랑 새끼들을 키웠다
봄이 찬란해서도 아니고
여름이 뜨거워서도 아니고
천지를 그렇게 품고 품어서
가을엔 열매를 매달았다
겨울 내내 팔 벌리고 서 있으면
온몸 움츠려 춥기도 했지만
바람이랑 햇빛이랑 잘 걸러서
노랗고 붉은 심장을 매달았다
어디서든 서로의 의미는
확신의 언어였다

덤불 속

덤불 속에 들어가지 말라고
할머니가 타일렀는데
나는 덤불 속에 들어가서 사진을 박았다
전라도 친구 금안이는
박았다는 말을 되뇌이며 웃고
나도 막 웃었다
박았다는 말은
꼭 끼워 맞춘다는 말
머리를 쥐어박는다는 말은
강한 자의 횡포 때 쓰는 말이지만
박았다는 말은 늘
심심치 않아서 좋다
웃음을 가져다주니 참 좋다
덤불 속에서
내 발에 밟힌 뱀이 죽었다고
소식이 왔다

주남저수지 고니

금빛 부리의 고니는
달빛 먹어 새가 되고
별빛 먹어 날개를 달았다
우아한 비행을 하며
물그림자를 빠르게 만들고 있다
연밭에 그림이 되어
수천 날을 울다가
사랑을 불살라 먹은 새가 되었다
천연기념물이라는 명패를 달고
꿔억꺽 새가 되었다

예순 번의 모란

툭툭 치면
뚝 떨어져 버릴 것 같은 가을이
예순 번째 여름을 넘기고
내 곁에 머물고 있습니다
젊음을 딛고 와서
고적한 몸 안팎으로 걸어 들어가니
밤길을 걸어온 자유와 방종이
꽃잎 흩어진 틈으로
지상의 말을 쏟아냅니다
수런거림의 향기가
신라시대 같습니다

달팽이언덕

바람 불어 패랭이꽃 흔들려도
물결치듯 더듬이로 꿈을 말았죠
느릿느릿 꼬불꼬불 세상을 헤치며
그 언덕 기어서 가면
푸른 나뭇잎 사이에서
개똥지빠귀도 울었죠
울다가 울음 멈추면
서쪽에서 별 하나 빛나고 있었죠
어둠은 스스로 밝음이 되어
느림에 갇힌 불안정도 안전해졌죠
더러는 사람의 집에
꿈틀거리는 높낮이를 삼키기도 했죠
무채색 부동으로 서 있기도 하면서
머리를 고동 속에 넣고 꿈틀거리면
저 언덕에 자잘한 꽃이 피기도 했죠
청맹과니 나를 먼저 알아보고
신호를 보내곤 하던
불면의 달팽이 모여 있던

코우리섬

오키나와에 가면
갈대 우거진 섬 하나 있습니다
하늘은 푸른 빛
'세상 가장 밝은 곳에서
가장 빛나는 목소리로' 라는
노래가 생각납니다
떠나간 사람이 그리워질 때처럼
어깨가 무겁지만
꽃들의 기세가
멀리 가까이 노래가 되고 있습니다
코우리섬은 남쪽에 있고
나는 북쪽에 있습니다

고향집 배롱나무

친정집 대문 앞에
일렬횡대로 늘어선 배롱나무는
유월이면 수많은 꽃을 매달았다
엄마의 사라지는 기억들을
진분홍 꽃잎에 매달고
발걸음 서툴 때마다
먼저 간 아버지 웃음처럼
토닥거려 준다

여름의 뒷모습에 갈바람이 스며
촘촘한 꽃은 더 울창해지고
엄마 보러 고향집에 가면
붉은 꽃가지 흔들며 나를 마중한다
백일을 기다리면
엄마의 기억 초롱해질까
두 손 모은 내 눈물 알아보고는
백 일 동안 꽃을 피워
엄마를 지키고 있다

족두리꽃에 대한 단상

곱디 곱던 울엄니의 눈이
흐려지기 시작했는데
울엄니의 생각에
탈이 나기 시작했는데
고기를 전혀 못 먹던 울엄니가
닭다리를 들고 쳐다보고 있는데
낮잠 한 번 안 자던 울엄니가
병원약 먹고 잠만 자는데
일 주일 살다 간 매미 울음만
염천에 비 뿌리듯 들리고 있는데

열여덟에 시집 와서 6남매 낳고
하늘 보낸 내 동생 그리워하다가
외할머니 생각에 슬픔이 넘치더만
아버지 하늘 가시던 날도
꺽꺽 울다가 온몸에 발진이 돋더니만
그렇게 그렇게 울엄니 세월은 희미해져 가는데
붉은 화관의 족두리꽃은
울엄니 시집 올 때 족두리 모양을 하고
칠팔월 땡볕 속에 해마다 피어 있는데

첫눈 내리는 날

"어머나
눈이 쌓이고 있네"
눈 맞는 사물들에게
가엾은 마음으로 말을 건넨다
속곳으로도 따스함이 전해온다
새벽 어둠을
뿌연 눈길로 만져보고 들어온다
밤비행기 소리가 하늘을 가린다
저 멀리 눈이 쌓여도
떠날 것은 떠나고
올 것은 오는 세상
다시 아침새가 날고 있는
우리들 편안한 안식
하늘의 안부가 그리운 날

쌤 할머니

관악산 아래에는
나를 쌤이라고 부르는
치매할머니가 있었다
나 없으면 못 산다고
날마다 눈물 바람하던 할머니가
며칠 지나 전화했더니
누구시냐(?)고 했다
쌤이라는 나의 호칭도
멀리 멀리 날아가 버렸다
관악산 바람을 타고
멀리 멀리 날아가버렸다

탱자나무 열매

노란 열매 따고 싶어서 울면
가시넝쿨 속에 팔뚝 넣어
탱자열매 따주시던
아버지의 기억이
내 어린 날과 함께 눈물이 됩니다
탱자나무 흰 꽃이 피면
아버지가 생각이 나서
내 심장에 오래된 강물소리가 납니다
내 뜻도 없이
아버지는 꿈 속에 와서
동그란 열매 머리맡에
놓아두고 갑니다
달빛을 닮은 빛깔입니다

사랑論

주황 빛깔 당근이
푸른 이파리를 달면
예쁘고 비싸게 보이듯이
어깨에 치장을 하고
두 눈 맞대고 서 있으면
새들이 창가에서 울 듯이
종알종알하고 싶은 것
커다란 옹기 속에
이마를 대고 소리를 지르면
깊고 깊어져 메아리가 되는 것
고요한 몸으로도 들끓고 있는 것
날짜를 세며
눈물로 불빛을 끄고 있는 것

백로날 아침에 쓰는 詩

흰 이슬이 맺힌다는
백로날 아침에
마음보다 몸이 먼저 창문을 연다
태양의 황경 165도라 했으니
평안하기 위해서는
내 몸이 더 기울어야겠다
세상 들녘 농작물은
알토랑 열매들을 매달고
추석은 낼 모레인데
창문 열고 맑은 이슬 보았으니
내 가슴도 촉촉해져
튼실한 열매 맺히면 좋겠다
열다섯 번째 절기에는
뭇새들이 먹이를 저장했으니
저 혼자 행방인 것 많겠다

행복논리

아픔도
슬픔도
미움도
사랑도
살면서 생기는 것
나이들어도 소년 마음 간직하고
나이들어도 소녀 마음 간직하고
그러려니 하고 살다 보면
너도 좋고
나도 좋고
살다가 알게 되는 삶의 이야기가
여러 빛깔로 남아
스스로의 힘이 되는
수십 년 빈 집의 언약 같은 것

재래시장 할머니

허름한 옷차림 노쇠한 손길로
파를 다듬고 계신다
내 가슴에서
울컥 소리가 난다

내 직장 치매할머니
일장 연설 길어지듯
재래시장 할머니의 가난이
길고 길었어도
기억 초롱하니
쑥꾹새 울 때처럼
아즈란히 거래 피는
시장의 좌판

무늬가 돋다

– 된서리

이른 아침 대문을 여니
의심투성이의 무늬가
자동차를 덮고 있다
추위를 대신하는
간밤의 노역인 것 같다
겨울로 틈입하는 기척들이
서로의 나르시즘으로
융숭하고 곱다
비밀 같은 살결의 모습이
내 손끝의 체온으로 녹는다
무방비 상태로 있다가 지워질지라도
서로의 적막을 알아보았으니
급기야 내 속이 보호구역이다
아침새들의 목청
길게 다녀간다

고려 엉겅퀴

목청 쓰지 못하고 죽어간 어미새의
푸른 말이 가시로 돋아
가슴 속에 숨은 세월만 탓했듯이
어긋난 자유의 이파리를 살갗에 달고
산 속 무수한 길을 내다가
저만의 세상을 꿈꾸기도 하는
새벽 추위의 노래
두상꽃 차례로 꽃을 피우며
추운 영혼을 위하여 손끝에 세월을 단
도깨비엉겅퀴, 곤드레구멍이라는 이름을 가진
홍자색 핏줄의 여자

개소리하지 마

개미 허리만하게 마른 몸을 보고
몸 말라 어떡하니
너 다이어트약 먹니? 했더니
단 한 방에
"개소리하지 마" 그런다

허허허허
하하하하
호호호호
요즘 아이 막내딸놈아

제2부

가을 표상

이 환한 아침에

멀리서 꿈틀거리는
우주의 기운을 얻어
몸 밖에서 너를 만나고
몸 안에서 너를 지우듯이
다가설수록 눈물나고
멀어질수록 안타까운
우리네 삶의 속내가
고장난 내 생의 어느 대목처럼
냉기를 품고 있다

밤새 내린 서리를
내 손으로 쓸며 기화시키니
손발은 차갑지만
어느새 편안한 안식이 되어
나를 토닥거리고 있다
평화로운 나만의 묘약도
내게서 생기고 내게서 사라지는 것
아직 유효한
이 환한 아침에

세상 것

세상 모든 것은 신비롭다
느린 속도로 재생하고 있는 일상들
긴 통로를 만들며 나를 이끈다

창문에 스미는 새소리
여전히 펼쳐지는 바쁜 일상들
저 움직임
저 기척들
태어나기 전에 우리는
부디 비껴가는 인연이었다

선운사 꽃무릇

가을 선운사에 가면
선홍빛 꽃들이
애절한 언약처럼 무성하다
못 이룬 사랑이 꽃이 되면
저리 몸살 하나보다
서로가 애쓰던 사랑에는
숫자없는 기억이
길을 만드나보다
아픈 꽃대 하나
내 속에 들어온다
가고 없는 날짜를 따라
다시 눈길을 보낸다
그때의 고요처럼
말의 음절이 끊기는
가녀린 꽃대들

손거울을 샀다

그대가 꽃이어서 꽃이 아니어서
내 곁에 왔다면
다둑이면서 알콩달콩 잘 살아보자고
푸른 무늬, 붉은 무늬, 노랑 무늬
무늬의 아름다움으로
내 눈가 주름을 가린다

곱게 투영하여
잠시 내 모습이 그 너머를 내다본다
오늘은 가을볕이 나를 닮는다
동그스름하다

가을밤 외로운 밤, 벌레 우는 밤

가을이 왔다
골목길 휘늘어진 감나무에
노란 잎 하나 땄더니
내 맘에 시 한 줄
바스락거린다
감 서리하는 줄 알고
누구냐! 소리친다
빠른 걸음으로 뒤돌아간다
내 발자국에 감물이 든다
어디서 풀벌레 울음소리 커진다
울음 따라 홀가분해진 가을이
외투깃을 세운다

도시에서 새가 운다

이른 아침에
목청 높여 우는 것 보면
밥그릇이 도시에 있는 모양이다
사람들의 소망은 하늘로 향하고
새울음 들끓고 있을 때
어둠이 다시 구겨진다
가을의 불멸을 안다는 듯이
깟깟 새가 운다
짹짹 새가 운다
멀리 산 곳곳에서
아득한 길을 가르쳐 준다
호두나무 가지에 번짓수가 생긴다
그럴수록 아득해지는 새들의 목청

가을 표상

맺지 못한 사랑의 남은 언약이다
뜨뜻한 아랫목
온기 타고 오는 온몸의 감촉이다
아직은 미숙한 내 악기의 운율이다
차마 쏟아내지 못한 말의 목울대다
가을은
웃음도 울음도 헐렁해지는
그가 잠근 띠살문의 삐걱거림이다
결코 변하지 않는
내 속의 모질고 적막한 바람이다
눈물길 가깝고 멀어지듯이

새가 되어

니가 나의 목마름이라면
훨훨 새가 되어
네 이불섶에 앉으리
니가 나의 그리움이라면
언제든 니 꿈속이 되리
니가 나의 기억이라면
한 발 늦은 아슬함으로
잠시 모습을 드러내리
니가 나의 사랑이라면
내 영혼
붉은 울음 우는
너의 이름이 되리

가을 엿보기

그 해 나는 너와 나 이야기는
세월을 따라
너의 얼굴로 바뀌기 시작했다
둥그스름하고 작달막하다
처량하게 웃는 너의 얼굴이
원시로 돌아갔어도
나는 울지 않았다
가을은
술 마실 때 슬픈 노래가 되고
별을 바라볼 때
천역덕스러운 저녁 어스름이다
길 지워져 막막했던
땅 끝에서 쓴 詩 한 구절이다
천리 길 내내 달려간
스피노자의 명언이다

수꾸머리새의 날갯짓

바스락거리는 소리가 난다
시몬을 부르는 소리도 들린다
내가 너에게
니가 나에게
지키지 못한 약속으로 흐려간
사랑의 언약이라고 홰를 친다
아직도 들려오는
어느 세월의 목소리 같은 것
겨울을 보내기 위해 집을 짓는
수꾸머리새의 날갯짓이라고 쓰면
숨막히는 세상 향기로워진다
흐르는 물에서도
푸른 나팔소리가 난다
한참 먼 길
수꾸머리새의 날갯짓으로 가까워진다

무제를 쓰다

채색을 하지 않는 머리카락이
슬픔 아니면 기쁨이듯이
속곳 울음이 되어
무늬를 짜낸다
떠나간 것의 호흡이
아버지의 짧은 세월이고
어머니의 길고 긴 옷섶이듯이
나무는 다시 빈 몸이 되고
나는 푸른 외투깃을 세운다
낙엽 하나 층계에 떨어져 있다
나를 따라온 가을이다

페르소나타블루

이쁜 것이 목소리가 높다
갇혀서 산다는 것의 심장이며
보호본능이다
어느 날 인연으로 온 아이가
성근 울음을 우는 것처럼
이름 긴 앵무새 한 마리
어깨에 앉기도 하고
옷깃을 펼치기도 한다
섧은 인연의 고성방가는
외로울 때 질러보는
내 헛헛한 목울대 소리다
창문 틈새 쏟아져 내리는
푸른 빛 새 한 마리

새발자국

높은 파도소리와
천명 같은 모래 바람으로
삶을 이어온 새들의 날개가
지상을 걸어갈 때는
사방연속무늬 발자국이 찍힌다
올망졸망 이쁘게도 찍힌다
날아오는 허공이
끝없이 세차다
새발자국 찍힌 허공에
핏줄이 선다
바람이 불려나
비가 올려나
습관적으로 지워지는
여린 무늬의 새발자국

모년모월모일

미묘한 심리싸움을
줄다리기처럼 한다
잘해 주다가 못해 주는 것처럼
모른 체하는 것이다
떠나간 사랑도 밀당이었고
무수한 욕망으로 망가진 날도
밀당이었다
생각이 모자라는
모년 모월 모일
뱉어내는 심한 말들
또 하나의 이름이
수첩에서 지워지듯이

까치밥

삶이 퍽퍽해서
노동을 잃어버렸니
바람에 갈대들도 흔들리면서
살고 있는데
제자리에서 꼼짝 못하고
바람에 흔들리기만 하는 몸
사람이 남겨놓은 까치밥 콕콕 찍어 먹고
소망 한 점 놓고 가니
그렇게 살다 보면
날갯죽지에, 쪼그만 발바닥에
하늘길 열리는구나
한 번에 묵지 말고
겨울내내 조금씩 아껴 먹거라
날마다 니 울음 내 창가에 남기면서

수리부엉이

해질녘에
목울대 텃밭 같은
너를 생각한다
머리 위 두 개의 이우는
어쩌면 내 속의 왕관 같아서
하나는 세상 속 너울이고
하나는 내 꿈의 너울이라고 쓴다
빈 집에서 휴식을 하는 나나
먹이새 찾는 너나
꿈은 늘 희박하지만
집념과 끈기로
굵직한 울음 우는 자유가 있다
나무등걸 닮은 갈색의 털은
너만의 세상이고
주황색 큰 눈은
니가 완성한 미션이다
수리부엉이야
나는 너를 본받고 싶다

탁발 · 2

산다는 것의 하루는
보물을 찾는 것이다
저 멀리 라오스 루앙프라방 스님들의 탁발을 보며
눈이 시렸다가
가슴이 에이었다가
목이 메어 눈물까지 쏟았던
탁발행렬의 동참
내게는 소중한 보물이었다
내 생의 어디쯤이
이토록 공손히 손끝 내밀고 있었던 인연인가
눈썹을 밀고 흙발을 한
승려의 대나무 바루에
공양을 덜어주는 내 손길에
주홍빛 가사가 얼비치는구나
어디로 흘러가는 내 화두였을까?

느림을 배우다

– 라오스 밤비엥에서

이 세상 홀로 고독한 것이 많은데
길가에 피어 있는 야자수들이
그래도 다행인 것은
드문드문 떼지어 산다는 것이구나

저기 저 동남의 나라에는
소비의 향락보다
여름의 열망으로 움직이는 사람들이
자유로운 힘을 품고 있구나
새가 나는 것처럼
그 곳의 몸짓에는 자유가 있고
내 걸음도 여유를 배워
느리게 걷고 있구나
푸른 산 능선들이 바람에 움직여서
상처를 치유하고 살았던 것처럼

라푼첼 인형을 안고 귀가하는 날

마음 상하지 않고 세상을 산다는 것은
복 받은 일 같지만 헛헛하다
삼류드라마 속 불륜이 도드라지고
원리원칙도 없이 헝클어진 세상을
힘없이 바라보고 있으면
내 일상에서도 우우 소리가 난다
어쩔 수 없이 흘러가 버린 삶은
그렇다 치더라도
눈물도 없이 목마른 날
내 몸도 헐거워진다
붉디 붉은 저녁노을 내 몸에 갇히고
골목 어귀 돌아서는데
머리칼 긴 라푼첼 인형이 서 있다
보랏빛 포장지에 싸서 껴안고 온다
보석 같은 자식이 인형처럼 웃고 있다

엄마

핸드폰 바탕화면에
엄마가 해맑게 웃고 있다
아침에도 저녁에도
내 볼에 대고 비비면
파랗고 노란 물방울이
뾰롱 뾰롱 움직인다
최신식 핸드폰의 조화다
갈 수 없어도, 오랜만이어도
이렇게 엄마와 나의 소통이
날마다 하늘이 되고 별이 된다
슬픔이 간절하면 눈물이 되는 것처럼
기약이고 소망인 것이 솟구친다
이 나이에도 엄마와 살고 싶은 꿈
그래도 고마운 것은
엄마가 이 세상에
존재한다는 것이다

휴일, 명아주꽃 연가

명아주꽃이 피듯이
노란 기쁨이 꽃잎을 단다
아직 육신이 미약해서 좋은
우리들의 노동이
곱게 허물어져도 아득해서 좋은 날
미시와 신시 사이에 나는
꽃향기를 대신한다
어느 허름한 건물 사이에 핀
노오란 꽃들
쉴새 없는 음계들이 쏟아져
나를 두근거리게 한다
음계를 단 내 인생이다
크고 획기적인 천지의 가르침이다
명아주꽃 흔들리듯이

제3부

초겨울 연가

남부순환로 259가길

현관문 들어서는
스물 여섯 개의 계단은
서로에게 향해 있는 생각들이
달항아리처럼 둥그런 속내다
휘황하게 빛나는 가족의 얼굴은
생의 그림 한 폭이다
그녀의 노동을 알아보는 하늘이
달빛을 쏘아댄다
수직의 무늬가 만들어진다
오늘도 안도의 숨을 쉬는
남부순환로 259가길

달의 빈 터

– 파푸아뉴기니아

저기 카로스 부족이 사는 마을에는
악어문신을 새기는 사내들이
정글에서 생존해 가는 법을 익힌다
영혼을 불러모아 악어의 신에게 춤을 추며
내 삶의 틈새에도 원시 부족의 숨이 파고든다
천년의 강 세픽은 흐르고
넉넉한 삶이 정글 속 노란 열매가 되면
감사할 줄도 안다
별다른 삶의 그늘도 없이
옛 방식 그대로의 삶이 켜켜이 스며
힘찬 물줄기처럼 살아가고 있는
환한 달의 빈 터

초겨울 연가

마음을 비우고
등잔에 기름을 채웠더니
심지를 줄여도
불꽃은 자꾸만 타올라 펄럭거린다
가득 찬 것은 덜 찬 것만 못하다는 교훈을
연륜으로 배우며 늙어가고 있는 나
빈 마음이 무심이라고
채워져 있으면 잃어버린다고
욕심이 욕심을 낳고
불신이 불신을 부른다고 되뇌이는 아침
하늘을 선회하는 새들의 울음이
창문을 두드린다

다시 새해에 부르는 노래

늘 곁에 머물렀어도
세상 물들어 버린 것처럼
그렇게 살았지만요
사랑하지도
미워하지도 않고
그저 비춰주는 대로 살았지만요
내 열정으로 바라본 나의 세상이
어느 때는 노래 같고
어느 때는 차가운 울음 같았지만요
묵묵히 부대끼고 견디면서
그렇게 살았지만요
떠나지 않는 꿈을 꿀 때는
그저 그렇게 애달팠지만요

금번 새해에는
오래된 나무가 두껍게 사는 것처럼
초록도 보이고, 열매도 매달면서
나만의 경작에
환한 웃음이 매달렸으면 좋겠다
기교를 부리지 않아도

예원이는 앵무새 이름이다

우리 집 예원이는
상해 갔을 때
예원에서 사온
붉고 푸른 앵무새다
색동의 몸을 움직이며
날지 못한 몸으로
기척을 감지하며 운다
휘리릭 호르륵 음계를 만들어내기도 한다

사물에도 불성이 있다고 가르치던 님은
멀리 가고 없어도
내 맘에 살아 세상을 알려주듯이
내 목소리 커지면
예원이도 따라서 운다
내 삶에 무늬를 만들며
존재의 소리로 운다

2016년 1월 3일

– 고향 가는 길

안개가 내려앉은 길은
울엄니 흐려진 가슴이다
바로 앞 몇 미터만 보여
뚫고 가는 길처럼
너는 보이고
나는 안 보이는 하얀 세상을
으름장 놓고 싶어서
나는 옛 생각에 반기를 든다

사람들의 한이 깊어져서
엄마의 세상이 된다면
저 안개 같은 시야를
보듬고 걸어갈 텐데
한 입 크게 벌리면
내 속의 호흡이
안 보이는 너를 살게 하듯이
햇살 한 웅큼 쥐어다가
안개를 걷으며 가는 오늘은
2016년 1월 3일이다

비밀, 가막딱따구리

운길산 근처 나무둥지에는
가막딱따구리 살고 있지요
머리에 붉은 점 왕관을 쓰고
나무에 구멍을 파서 둥지를 만드는
가막딱따구리는
새끼들을 위해서 부지런한 노동을
채우고 살지요
콕콕콕 나무를 쪼아 집을 만들고
깊게 사는 가막딱따구리는
사는 모습 나 같아서
이리저리 움직이고 사는 것이 나 같아서
사고력 없으면 세상이 낯설어서 못 사는 나 같아서
눈시울 붉어진다
부리가 아프게 쪼아대야
행복한 터전이 만들어지는 것처럼
가막딱따구리집을 들여다본다
콕콕콕 세상 사는 법 똑같아서
내 눈에는 저녁별이 뜬다

우리 집 웅이

녀석의 마음 속에는
누런 들판이 있고
푸짐한 상차림이 있는데
살 빼야 오래 산다고
늘씬해야 병이 안 생긴다고
하루 한 끼 양식을 주라 했다
막내딸 완강한 눈초리에
한 끼 밥을 준 지 이틀
입동이 되었다고
세상은 소리를 내는데
낙엽은 산처럼 쌓이는데
녀석의 눈망울이 볼수록 애틋하다
다시 두 끼를 준다

골목 먹방 캐스팅

먹방에서 나는 젤 평화롭다
경계도 없이 진행되는 대화 속에
인생역정이 보이기도 하고
여름을 이겨가는 광대처럼
흐르는 땀에
바람이 스미기도 하고
서로의 말 속에
관대함이나 기쁨보다는
리허설 같은 공허가
불판 위 양념이 되고
홀로 외로운 인생의 무대들을 진행시킨다
소개멘트는 진행이 되고 무르익는다
아침이 되니
어제의 심장이 평화로워진다
나의 파라다이스는
진정한 자유를 맛보는
골목 먹방 캐스팅 같은 것이다

별다방 미쓰리

그녀는
산업도로 위 걸어가다가
풍문 속에 있는 첫 사람을 본다
굽은 능선 높이 솟은 아파트 그늘에 앉아
한숨 한 대 뱉고
플라타너스 그림자를 삼킨다
웃음 대신 목젖 타고 넘어가는 울음을
블랙커피 마시듯 삼켜 버린다
건물 사이에 흰 나비가 난다
도시에 날고 있는 나비는
강렬한 햇빛을 찾아가는 풍경이 된다
눈앞에서 벌어지고 있는 일이
세상과는 역부족인 셈이다
식은 커피 배달에 둘러댈 구실을 찾자
세찬 바람이 불어온다
뒤엉키는 소리가 게걸스럽다

꿈

아무리 노력해도 얻을 수 없는
꿈속 풍경 같은 것은
이 세상에 참 많다
어떤 것은
죽을 때까지
아리다

아들아

엄마의 가슴 속에는
우주소년단 단복 입고
질문 많이 해대던 너의 꿈에
더 많은 대답을 못해 주던
어미의 소싯적이 있었구나
:
:
:
천체망원경 사서
내 건물 옥상에서
하늘의 별들 확대해 보는
너의 넓은 꿈을 이루며 살아야 할 텐데
거 누구 없소?

을미년 사월 스무 이렛날

메르스가 건너와서 온통 회오리다
하늘 건너와서도 사람을 별로 만든다
온다는 사람 오지 않고
약한 것도 강한 척 운명에 맡기니
우리 집 여주 넝쿨도
열매 한 개만 매달고 시들어 버린다
오늘은 사월하고도 스무 이렛날
개는 실내에 엎드려서
하늘을 내다본다
울집 웅(개 이름)이의 코고는 소리 높아지고
내 연민은 말끝을 흐린다
"개야~훗 세상에는,
너는 사람 되고, 나는 왕비 되고"

오늘은 까치도 안 운다
일상에는 정의가 없다
다만 메시지가 있을 뿐이다
루왁 커피에 사향고양이의 눈물이 녹아
내 온몸에 퍼지듯이

예띠시낭송회

둘째 주 목요일은
세검정에서 시낭송회가 있는 날이다
시청 지나서 천변길 죽 따라가면
자잘한 숲이 커다란 바위를 안고 있다
세심정이라고 쓰여진 곳에는 정자도 있다
전철 타고 버스 타고
내 발길을 힘들게 해도
내가 커지는 곳
사랑이거나, 미움이거나
큰 어른이 살고
예띠*가 사는 곳

*예띠 : 히말라야에 산다는 설인의 이름

관악산 둘레길 따라

우리 동네 육교 건너서
나무계단 밟고 산으로 올라가면
내 속의 호흡도 한 몫을 하며
둘레길을 펼친다
산비둘기 나를 알아보는지
내 곁으로 종종걸음을 친다
산에 사는 것은
바람이 씻어주는지
심장소리도 낮은 것 같다
이 좋은 풍광 보이고 싶어서
가는 님 뒤에다 쏘아보낸다
천지의 오묘로운 것들은
떨어져 살아도 통하는 것 같다

상봉

청계산 상봉 398미터 매봉이다
그래도 힘들다
오랜만에 낮은 상봉을 오르니
바람이 불고 도시의 건물들이
어스름이다
사람들의 가슴 속
여러 빛깔의 호흡이 새소리를 낸다
하산을 하며 산의 소리를 듣는다
이정표가 바위로 서 있는
산꼭대기 매봉 아래는
온몸을 산에 기대고
저 혼자 깊어지는 것들이 많다
누군가는 이 산 속에서
사람들의 언어를 바꾸고 있겠다

장미축제

오월이다
서울대공원에서 장미축제를 한다
청계산 매봉에 올랐다가
장미문을 들어선다
사랑이 없는 나는
장미의 꽃말 사랑을 생각한다
울적한 사랑 하나 내다보인다
집에 돌아와 보니
내 노란 옷깃에
꽃물이 들어 있다
노랑, 빨강 그리고 분홍이다

초롱꽃 둘레

여름을 지나 겨울을 지나
십리 밖으로 쳐진 빗금이다
골목 어귀 빈 공터가 아니어도
이리저리 몸을 흔들며
둘레를 넓히고 있다
스스로 면적을 넓히는 만큼
나도 너 초롱꽃처럼
내 면적을 넓히며 산다
현충일 바로 전날 경주 가서
목월의 산유화를 낭독했다
언제부턴가 시인의 생각을
알아차리기 시작한 꽃
푹신한 내 살갗에도
둥그런 둘레가 생겨서
그래서 내 生이 완만해졌는데
출발과 시작을 아직 모르는 사람들은
꽃을 꺾기만 한다

산 그늘에 내 그림자 포개고

관악산 접어들다가
내 그림자 나무에 접히는 것 바라본다
둘도 없는 순간포착이다
서로에게 기쁨을 주고
몸짓을 포개고
이 아니 좋은 하오의 한 때
삐비빅 산새도 울어준다
정자 위에 발 뻗고 앉아 있으니
천지사방의 바람이 선물처럼 불어온다
바람과 나무와 나
오늘은 백점 만점에 백점이다

후리지아는 님프였대요

천진난만한 웃음을 달고
내 품에 든 꽃은
소박한 나를 사로잡고 있네
천지의 봄을 노랗게 물들여가며
아랑곳 없는 향기로
내 몸을 사로잡고 있네
숲의 님프 후리지아가
물 속에 비친 제 모습을 보았는데
나르시소스가 죽어버리자
후리지아도 따라서 죽어버렸다는데
사랑의 신이 안타까워서
분 향기를 불어넣어 주었는데
봄이면 그 향기 알싸해서
자꾸만 나도 탈이 나네요
그래서 나는 지금도 시를 쓰고 있네

새해 아침, 큰딸에게

밀키블루색을 좋아하는 너는
내가 무슨 꿈을 꾸고 있는 줄도 안다
한없는 석양이 우리를 비춰주었을 때도
나의 사랑과 이별은 빛이 났고
너의 토닥거림은
나 대신 몸을 다치게 했다
바뀐 계절에 투명하게 흐르는 변주곡처럼
시든 꽃자리의 쓸쓸함은 몰라도
고운 심성으로 삶을 도전하는
나의 큰딸아~!
우리가 꿈꾸는 길이 지워졌을 때도
스스로 분석해서 희망적이던
못짐자식 큰딸아!
숱한 사람들이 각자의 방법으로
살아가고 있지만
어느 전공책에도 없는 살풋한 지침을
내 가슴에 심어주는 내 아가야
공교로움의 빛을 발하던 너의 눈망울이
오늘은 무지개처럼 다가오는
새해 아침이구나

제4부

자화상

봄날의 수화

꽃이 진 자리마다
무성하게 새잎이 돋고
완연한 기운은
멀리 사는 자식 생각에
뒤척이게 한다
시장 좌판처럼 넉넉한 내 사상은
온 천지에 퍼져
첫 줄부터 슬픔이지만
남 모르는 나만의 언약
꽃을 피우고 나비를 부른다
웃음이 어색해서 웃지도 못한 사람
오늘은 어디에서 쉬고 있을까
창문으로 보이는 관악산이
굽이굽이 연둣빛이다
산 바위 가린 초록이 오면
봄날의 수화手話도 각도가 커지겠다

어화둥둥 내 인생

끝이 없어 외롭던 길
아홉 번 울고
아홉 번 웃는 산 굽이 돌아
세상 우려낸 꽃잎은
훌륭한 진수성찬처럼
가슴을 채우고
길게 품고 산 그리움은
이씨 문중의 족보보다 길고
빼곡한 살림처럼 헛헛했어도
살면서 주워들은 것 많으니
걸쭉하고 구수한 인생살이
품삯처럼 고와라
이제 본격적으로 살아보자고
방한 잎 새순 오르는 소리 듣고 있으면
흔하디 흔한 새소리도
또 다른 목청소리를 낸다

그리운 사월

몰래 다녀간 온갖 것들이
환한 아침을 연다
아무 것 해 줄 수 없는
나의 무능을 손짓하며
떠돌다 팽목항까지 실려간 사월
오늘은 어느 절 지장전에서
향 한 자루 사룬다
살점이 문드러지도록
손톱이 빠지도록
창문을 두드렸을 니네들의 자유가
하늘에서도
땅에서도 유순한 것뿐이다
먼 곳에서 아이들의 영혼이
사월의 꽃수술로 들썩인다
두 손 아프게 모으는
키 작은 사월
그리운 사월

엄마의 감옥, 낙타의 눈물

엄마야~ 부르면
내 눈물 사방으로 찢어진다
엄마야~ 하고 부르면
내 얼굴의 부피가 면적을 좁히며
자꾸만 아픈 소리를 낸다
흰 목단은 피는데
그 향기 엄마의 분내처럼
묻어야 하는데
나무와 꽃이 눈이 안 맞아 향기가 없다
자꾸만 탈이 난다
생각을 깡그리 대못에 걸어두고
불어오는 편서풍에도
옷깃을 맡기지 못하는 우리 엄마
남도 천 리 달려가면
나를 닮은 엄마는 웃고 있는데
엄마는 자꾸
내 낙서장으로만 온다
살다가 잊어버리는 내 낙타의 눈물

그 바다는 태평양이었네

세상 시름 잊어버리는
묘약이 흐르고 있었네
천지의 기운 중에서
푸른 것만 모아서
달디단 수액으로 부피를 늘리고 있었네
물관부 따라 안전한 숲이 보이고
바닷새 울음에도 곡조가 생겨
사방으로 음표를 뽑아내고 있었네
오키나와 하늘에는
바다의 푸른 기운들이 올라가
구름모양을 빚어내면
미필적 고의를 강타한 열대과일들의 수액이
내 목청을 타고 틈입하면
바다는 더 팽창하여 현재를 보이고
기약의 세상 하나를
점으로 보여준 그 바다가
태평양이라고 하네요

갈색 귀를 가진 시인

그림보다 사랑스러운 그녀는
하늘의 별이다가 내게 왔지요
꽃도 있고 열매도 있는 세상에 내려와
과거로
현재로
미래로 살고 있지요
눈물 대신 열정을 쏟아내며
울음소리 내지도 못하고
찬 바람에 옷깃 여미며
세상의 꿀을 빨고 있지요
직박구리가 벚꽃 가지에 앉아
'호로록피죽~' 우는 것처럼
삶의 가지에 음계를 달고
이리저리 뱌로롱거리지요
오늘은 삼월 초하룻날
벚꽃이 떨어진 그 길 따라
회색 빛 걸음을 걸어봐야겠네요
황녹색 꽃잎으로 눈을 가리면
늦봄이 시린 이유를
들어봐야겠네요

알 것 같다

우리 집 황매화가
꽃 피우지 않는 뜻 알 것 같고
미스김 라일락이
꽃봉오리만 머금고 피우지 않는 뜻
이제사 알 것 같다
남천 이파리 다 떨어진 이유를 알 것 같고
게발선인장 붉은 꽃이
피다만 이유를 알 것 같은
여름 날
내 속 가난이 빗물처럼 떨어진다
우리 집 개의 목청에
동네 항의가 들어와서
마당 있는 집에 분양했더니
나 찾아 삼 만 리 하다가
교통사고로 죽었다는 소식 듣고
엉엉 울던 날
꽃들도 희미한 몸짓을 한다

소야

저기 저 캄보디아 라토섬에는
몸빛 짙은 소들이
사람들 지나는 사방 군데 길에서
물도 먹고
풀도 뜯어 먹고
유유자적하고 있었다
소야
너희들은
먼 福을 탔니?

이모티콘

세상 무겁고 가벼운 것들이
그 사이 고운 후생으로
태어나고 싶어서
여러 갈래 모습을 보인다
웃고
울고
사랑하고
이별하고
빽빽한 나무숲을 헤치고 간
그 어느 날의 사랑처럼
길고도 짧은 소통을 한다
사람들 사이에서
노랫소리가 날 때는
분명한 동사動詞처럼
내 곁에서 수로를 만든다
하늘이 허공에서
무지개를 만들듯이

모래 위 새발자국

바람 묻은 날개를 접고 싶을 때
태초 같은 모래사장에 발자국을 찍으면
네 군데로 뻗어간 사방 연속무늬가
새들의 간이역처럼
나를 알아보고
파도소리를 낸다

자화상

까치 목청 가득한 하늘
꽃잎 같은 눈발이 펄펄 내리는 하늘
그 꿈 이루지 못하고
짐승의 눈을 닮아가는
어긋난 사랑
움직일 수 없는 붙박이 사물들의
도착지 없는 능선처럼
오늘도
3, 4조의 음계는
내 속에서 돌아다닌다
속내 빈 들녘 같다
다 돌려 주고 나니
내 삶의 터
파격적인 평수를 늘리고 있다

우포늪 쪽배

우포늪 쪽배는
가을 나뭇잎 같다
작은 물길이 S자 모양을 하고
긴 장대로 노를 저으면
갈대들이 쪽배를
바람으로 흔들어 준다
물길 따라 가는 쪽배
손길 따라 바람 따라
가는 먼 곳
숨결이 서정 같다
풍경이 내 심전도 같다

야밤

어쩔 수 없는 기억들이
하늘의 능선을 타고 넘어가는 밤
깜박이 주의등이 기교를 부린다
잠들지 못한 사내 하나가
고함을 지르며 지나간다
오죽 답답했으면
저리 지나가다가
백차에 실린다
그대 영혼
아직 상하지 않아도 되는데
아직 손 타지 않아도 되는데

토끼풀 소묘

토끼풀 기운이 내게 전해지는 날
얼굴에 푸른 물이 들었던 것은
먼 옛날 집토끼의 혼이
어느 산골 밭두렁에 머리 두르고
영혼이 같은 사람을 알아본 것도
서로가 맞닿아 있는 태생이었을 것이고
기약없이 달아난 어느 날의 언약도
산천에 길을 내던
숨소리였을 것이다
서로의 꽃술은 닮아있고
그래서 내 발걸음이 그곳에 닿았을 것이고
내가 세상을 살다가 얻은 언약들처럼
내 얼굴에도 푸른 물이 들었다

황매화에 새소리 꽂히던 날

겹꽃 홑꽃이 있는
황매화가 피었다
우리 집 새소리가 꽃을 피우게 했는지
홑꽃은 새소리 뜸뜸했고
겹꽃은 그 반대인 모양이다
사람도 이와 같아서
가족들에게 부대끼고 살면
얼굴이 환해지고
외롭게 살면
얼굴에 부스럼이 돋는 것과 같다
새소리가 목청이 달라진다
겹꽃 피우라고
재촉하는 소리인 것 같다
하늘은 맑고
건물 사이에 해는 가려져 있지만
내 속에서 들리는 새울음은
어디를 향해 음절 끊기고 있을까?
다시 삐비빅 새소리 들린다
황매화에 꽂히고 있다

산수유꽃 피듯이

산다는 것은
날짜를 세다가 잊어버린
산수유 꽃망울이다
나의 기억은
부리 붉은 새가 물어가고
지금은 까치가 둥지를 만들어 놓았지만
알고 보면 까마득히 열린 태초다
오늘은 많은 생각들이 나를 때린다
보행기를 타다가 집 층계에서 굴러
소아병원으로 울며불며 달려갔던 막내딸이
먼 기억 통증으로 온다
비 오고 바람 불어
휘황한 꽃잎들 흩날리고 있듯이
나의 삶도 한 때 이러했지만
산수유꽃이 피듯이
금세 나도 환해진다

까치공원

어린이 놀이터 까치공원에는
어린이는 없고
독거노인들만 모여 있다
목울대 높은 까치소리 들리고
외로운 노인들 귀 열고 있다
자식들이 그리워도 내색 않고
그넷줄에 앉아 흔들리고 있는
노인들의 모습도 늘 바라보는 풍경이다
아홉 남매 낳은 곱상한 할머니가
삼베랑 무명베랑 비단 장사해서
대궐 같은 집 짓고 편하게 살 만하니
청춘도 가고
영감님도 가버리더라고
내 얼굴 쳐다보며 한탄하는
까치공원에는

이 슬픔 어디서 왔는가

– 우리 엄마

대사리 해장국에 밥 말아먹고
쾌속으로 달리는 고속버스 차바퀴에도
이별의 기운이 뻗쳐 쇠소리를 낸다
고향 찾아가는 길
뿌연 황사는 사방팔방이어서
저 고비사막에서 떨어져 나온
모래들의 이탈일 것이라고
가만히 생각을 해 본다
전기 콘센트로 손바닥 두드리며
하얀 액체가 나오기를 기다리는
엄마의 하염없는 망각은
어디에 정답이 있을까?
볼우물이 패이는 엄마의 볼에는
먼저 떠난 사람들의 애잔한 눈빛이 보이고
서울행 차 안에서
내 눈물이 하염없이 흐른다
산다는 것은 이렇게
눈물과 웃음이 부대끼는 것이다

엄마와 함께 걷다

'엄마, 진달래꽃이제?' 물었더니
'개꽃이여, 개꽃' 하시며
'하여튼 이런 꽃은, 풀맹키로
뽑아서 다 내부렀단다' 하신다
울엄마와 나는 지금
무등산 중턱 증심사에 가고 있다
엄마의 걸음은
거북이보다 느리다
별 참견 다 하면서

태평양별곡

대만에 가면
경계의 푸른 바다가 태평양이란다
지도에서 글자로만 읽은 바다가
내 앞에 펼쳐져 있으니
온몸에서 노랫소리가 난다
파타야에 대롱을 꽂아 한 모금 넘기니
파도가 내 속에서 포말을 남긴다
시름 없는 사람들의 발자국이
모래 위에 사방 연속무늬로 찍히고
돌아갈 날짜를 세어 보니
어느새 저만치 흰 구름이 된다
천지는 이렇게 평화로운데
발자국 옮기면 또 다른 국경이 되는 세상은
너와 나 어깨 위에서
바닷새 울음으로 끼룩거린다
드문드문 모래 위에 핀 풀잎들이
어느새 나를 알아보고 흔들거린다

달디단 맛

낚싯줄에 걸려 올라오는 고기의 몸에
슬픈 짠물 묻어 있듯이
운명은
푸르거나 붉은 횃대 위에서
우리의 시식을 또 평화롭게 한다
야생 긴꼬리사향고양이가
고동빛 열매를 먹고
동그란 배설을 하면
그 열매 잘 갈고 다듬어져
루왁커피가 되고
사람들의 시식을 알아보듯이
슬픈 몸인 것들
달디단 맛이 되어
사람과 내통을 하고 있다

제 5 부

가난한 여정

눈물의 묘약
다음 생에도 다시 만나요
가난한 여정
내 봄 근황
짧은 기행시 · 1
짧은 기행시 · 2
앙코르왕국
10일 여정
봄 하룻날, 교회에서
가파도
새벽의 속도
꽃무덤
착한 별 하나
아라디촌
발해가 있었나요
들꽃
예빛이라는 말
황금나팔을 불며
명왕성자락
베가, 데네브, 알타이르 행성을 찾아서

눈물의 묘약

잘 살다가도
몸 속 진액이 묘약인 것 알았습니다
어김없이 볼을 타고 내리는
그 쪕쯔레한 눈물의 원천을
이제사 이해하고
차명의 보따리 하나 만들어
내 가슴 밑에 아예 매달아 놓았습니다
그런데 이상합니다
눈물이 채워져 빛이 되었습니다
그 빛은
하늘이 되기도 하고
땅이 되기도 했습니다
그래서 내가 살 수 있고
그래서 내가 살아가는가 봅니다
눈물을 키우면 빛이 되는
특별한 묘약이 내 눈물인 것 같습니다

다음 생에도 다시 만나요

하염없는 병명을 얻은 그는
세상에서 젤 소중한 사람이다
상처가 곪거나 부르트면
째고 소독약 발라 치유할 수 있으련만
그의 병명은 난치병이 되어
내 울음보를 터뜨린다
그의 병명에 대고 한없이 울다 보면
내 눈물에는 푸른 힘줄이 생긴다
온유한 것이 다가 아닌 사람의 일생
"엄마, 다음 생에도 다시 만나요"

가난한 여정

– 톤레삽호수 수상가옥

저기 저 서남쪽으로
비행기 타고 여섯 시간 가면
인도차이나반도 캄보디아가 있고
노를 저어 한 시간 쯤 흘러서 가면
수상가옥들이 있다
톤레삽호수 위에는
가난이 눈물겨운 집들이
물 위에 옹기종기 떠 있다
전설을 보는 것 같기도 하지만
열강의 식민지가 되어
육지에는 발을 못 딛는 그네들이 가엾어
내 눈에 또 눈물 고인다
작은 배를 육지에 계류하고
해안에 말뚝 박고 살아가는 수상가옥 난민들
낚싯대가 고요해서 잠자리가 앉기도 하지만
착한 사람들의 마음은 어디에 끝이 있을까요
여행자의 영혼을 씻어내는 곳
나의 기행이
기도로 움터 오는 곳

내 봄 근황

부디 비켜가는 인연을
바람이라 할까?
좌정이라 할까?
새싹들이 고개를 내미는 봄날이
툭툭 불거지는 나의 힘줄에도 봄이 와서
오키나와, 캄보디아, 홍콩, 마카오에
내 발자국 남기고 왔네
지금은 슬픈 왕국이 되어
나를 부르고 있었던 것도
내세를 기약하는 적멸이었네

대보름도 지나고
입춘도 지나고
온 천지에 봄이 왔건만
풀리지 않는 나의 봄은
어디에 초점을 모으고 있을까
크고 작은 섬이
결국 내게는 사무침이었네
그래서 산다니까!
그래서 내가 살고 있다니까!

짧은 기행시 · 1

홍콩에서 배를 타고 한 시간 가니
마카오가 있었다
배 위에 비가 내렸다
비 오는 풍경도 장관이었다
쎄나도광장 쎄인트로폴 대성당을 보고 왔다
부지런히 움직이니
나의 빈터에도
이정표가 세워졌다
나 혼자 깊어지는 여행

짧은 기행시 · 2

홍콩은
공중 사방팔방에
건물을 두르고 있다
거대하다
위대하다
굉장하다
버스도 2층 버스뿐이다
그러나
거대한 곳에도
슬픔이 묻어 있다

앙코르왕국

바람이 불었다
따스한 바람이 불었다
아픔 없이 완성되는 것 어디 있으랴
미소 짓는 얼굴 까만 머리에
초록의 기운들 서려 있고
몸의 율동에는
새 울음 꽂혀 색채가 되고 있다
너의 얼굴에도
나의 얼굴에도 수심의 빛 사라지고
천천히 느리게 삶의 향기 꽃을 피운다
서로가 등불이 된다
오늘은 서쪽에서
내일은 남쪽에서
내 발자국 스민 땅은 면적을 넓히고
툭툭이 마차가
멀리서도 손짓 보내면
신호처럼
나의 왕국에도 깃발이 펄럭인다

10일 여정

홍콩 시내가 다 내려다보이는
빅토리아파크 전망대를 오르는데
철쭉꽃이 가짜로 피어 있다
홍콩은 가짜가 많다더니
아들 내외와 사돈과 내가
의기투합으로 여행길에 올랐으니
가짜도 좋고 진짜도 좋다
낯설지만 낯설지 않은 나라에서
입을 모으고 몸짓을 모았다
좋은 풍경이 나오면 사진 찍느라
내 발걸음 느리면
잔소리하는 아들이 크게 희망적이다
캄보디아
홍콩
마카오

봄 하룻날, 교회에서

눈매 고운 목자가 사는 그곳에는
흐린 날 없이 갠 날만 있네요
가슴에서 나비를 날리던 내가
잃어버린 것 찾으려고 갔더니
탁자 위에 산수국 피어 있고
화초들 푸르게 하늘 우러르고 있네요
내 마음에 사는 님 가만히 내려놓고
십자가에 두 손 모으니
끝없는 눈물 펑펑 쏟아지네요
몸엣것들 내보낸 가난한 사람들 상처도
말없음의 음표를 달고 목청 높이고 있네요
일용할 양식이 없어도 배부르고
오늘 새벽 내가 깨어있었던 뜻 알 것 같네요
이름 예쁜 하와는 옛날에 살았고
마음 예쁜 나는 현세에 살고 있지요
가끔씩 눈에서 윙윙거리는 날갯짓 소리도
알고 보니 나의 근심이었네요
머리 더풀거리고 수염 긴 예수님 눈길이
내 상처 어루만져 주시는 날
천지는 또 천둥소리를 내겠지요

너도 가고
결국은 나도 가는 세상의 한가운데
내 소망 뜻대로 이룰 것 같은
봄 하룻날

가파도

봄의 수채화처럼
섬 속의 섬은 봄을 알린다
모슬포항의 배는
우리들의 일상을
키 작은 섬으로 실어 나르고
섬 속에 난 내리막 오르막이
내 인생길 같다
농부들이 갇혀 모여 섬을 만들고
바다와 하늘이 그리움처럼 떠 있지만
사람이 그리워서 목이 메일 때는
초록보다 짙은 청남빛이 봄이 되어
청보리로 흔들린다
천천히 걷다가 생각에 잠겨서 나도 흔들린다
가파도 돌담 사이에는
바람이 전해 주는 말이 꽂혀 있다
일손 놓을 팔자 못 되어서
농사 짓고 빚 갚고 살다 보면
바다가 울컥울컥 울기도 한다

새벽의 속도

날이 환해지기까지
사라지지 않는 오열의 본능
손가락 끝에 옴처럼 달라붙어
살갗에 자극을 준다
팽창의 속도를 고독이라고 쓰니
나의 익숙한 물건들에서 소리가 난다
햇살이 창으로 들어온다
그 햇살 한 줄에는
무지개가 서려 있다
내 머리 옹주막으로 서서히 꽂힌다

꽃무덤

섬에 갔습니다
동백꽃 뚝뚝 지는 그 그늘에는
파도소리 들리지 않는 바다가 배경이 되고
떨어진 동백꽃을 모아 꽃무덤을 만드는
사람들 모여 있었습니다
죽음도 이렇게 탄생하면
이토록 곱디고운 모습이 되는가 봅니다
생각하면 우리도 죽음을 바라보며 살고 있는데
꽃처럼 이렇게 모여 살면 좋겠습니다
둥그런 꽃무덤이 사람을 부르는 것 보고
나의 詩 같아서
한참을 바라보고 서 있었습니다

착한 별 하나

별 하나가
지상에 떨어졌다
사람들은
운석이라고 하고
소혹성이라고 했다
고가의 가격으로 값을 매기고
보도를 하던 날
나만의 우주는
팽창의 속도를 보이며
어떤 무늬를 만들었다
잊혀져가는 단어들이 빛을 발하며
재생의 속도를 낸다
홀로 있는 시간들이 쓸쓸해지면
그 별은 어느새
높은 사상을 나누어 준다

아라디촌

지금 여기 걷고 있는
당신의 뒷모습은
어쩌면 우리 한 고을에서 살았던
몇 겁의 인연 아니었을까요
타박타박 걸어서 아라디마을까지
무엇이 그리 끈끈해
장춘에서 연길로 연길에서 훈춘으로
기약도 없이 행진하고 있었을까요
눈앞에 펼쳐진 아라디논둑길같이
오직 견디는 법 배워서 가자고
조선 처녀의 옷고름같이
연기 오르고 꿈꾸는 땅의 평화를
숙명처럼 배우고 가자했더니
조선족의 울음이 나를 따라와
아리랑 음계를 다네요

발해가 있었나요

폐허의 붉은 땅에
물 너울 산 너울 쓰고 건너왔더니
홀연히 모습 떨구는 먼 님의 호흡이
아픈 세상 발길에 띠 두르고
이 땅의 그림자를 포개고 있었네요
우리 이곳으로 흘러와
고국의 여름도 모르고
사무친 초야를 보고 있었네요
못 본 척 모르는 척
애살맞게 다둑이고 다둑여서 살다 보면
시퍼런 희망 보이지 않을까요
이 슬픈 땅이 멀리서 나를
불렀던 것처럼

들꽃

그것들의 들썩거림은
바람의 시린 말을 알아들어서
서로의 몸 빛깔이 다르게 피어나는 것이다
生이 얼마나 깊었나의 차이 같은 것은
오래 오래 그 자리에 피어도 여전한 몸
서로에게 향해 있는 모습들 손으로 만지면
채워지는 온기 하나 내 손끝에 묻어
밤새 흔적으로 남는다

예빛이라는 말

화장품을 쓰다가
예빛이라는 말이 너무 좋아서
지면에 쓴다
연한 살빛이라는 말이다
살결에 묻어 살이 되었다
사랑도 처음에는 화장품처럼
모든 허물을 가려주는 살빛이 되다가
끝내는 날아가 버린다
화장이란
고운 모습 보이다가 엷어지는
사랑 같은 것
잠시 살이 되어 내가 되는 것

황금나팔을 불며

가슴에 난 흠집을 세어 보니
지들끼리 이마 맞대고
음계를 달고 있다
애를 쓴다는 것의 노고는
또 다른 세상의 선물 같은 것
밖으로 불러내고 싶어서
황금나팔 소리를 냈더니
휘황한 날개를 단다
겨울날이 조금씩 걷혀 봄이 되듯이
나의 빈터에는 화색이 돈다
옆구리깨가 아팠던 것도
상처가 빛이 되는 움직임이었나 보다
오래된 것은
이동할 때 무게가 생긴다
이름을 지어 불러주니
저 편 언덕의 바람이 되었다
참 사랑스럽다

명왕성자락

지상에서 꿈을 꾸는 나는
손도 벌리고 팔도 벌려
무한하고 하염없는 그 별을 찾아
나만의 날갯짓을 한다
죽어서는 가지 말고
살아서도 가지 말고
꿈속에만 오라는
마른천둥의 나라를
별 빛으로 빛나고 있는
아홉 번째의 먼 나라가
오늘은 나의 시 속에서 빛나고 있다
어느 날 만난 나의 사랑이
먼 곳에 숨어 버린 것처럼
그래서 하염없는 것처럼
울음소리 들키지 않고
내 몸 한 쪽 그 자락에 적시고 있다

베가, 데네브, 알타이르 행성을 찾아서

– 아들

사진을 취미로 가진 내 아들은
어린 날 우주소년단 단원이었다
성인이 되어서
카메라장비병에 빠져 수많은 장비를 섭렵하다가
십 년이라는 세월이 흘러 갔다
무거운 장비를 지고
산을 오를 때도, 암벽을 탈 때도
카메라장비를 짊어지고 다녔는데
세월 따라 이리 저리 검색을 하다가
은하수 촬영이 눈에 들어왔다
달을 촬영하다가 은하수를 만났을 때
별들의 세계가 꿈과 희망으로 가득 찬 것만 같아
목성과 토성의 촬영을 꿈꾸기도 하다가
가난의 좌절에 부딪히고 말았다
돈 열심히 벌어서 취미로 써도 티가 안 나는 날까지
하늘을 담아보고 싶다는 내 아들의 스토리를
몰래 들여다보다가
가난한 에미는 눈물이 펑펑 났다
오늘은 이월 마지막 날
함박눈이 펑펑 내 눈물 속에서 녹고 있다
아들의 행성은 멀리서 반짝이고

삶의 진실과 구도자적 미학 추구

— 이희정 제7시집 《기쁨의 수로》의 시세계

김 재 엽
(한국문학비평가협회 이사)

1. 들어가면서

예술의 일반적 특성의 하나는 바로 그 예술을 감상하는 사람들에게 즐거움을 안겨주는 일이다. 이때 즐거움의 수준은 천차만별이어서 전율적인 감동으로 심성을 강고하게 다져주거나 그저 무료함을 달래주는 정도의 소일거리 수준에 머무르기도 한다. 아무튼 그 즐거움 자체는 인간 심성에 매우 유익하게 작용하며 그 즐거움을 제외하고는 인간의 행복을 기대할 수 없을 정도다.

언제부턴가, 어쩌면 최근이라고 말해도 좋을 디지털시대가 도래하여 스마트폰으로 대변되는 손안의 슈퍼컴퓨터가 독자로부터 시를 빼앗아갔고 소설 역시 탈취해 감으로써 문학의 죽음은 가시적 현상으로 그 절정을 향해 치닫고 있는 듯한 느낌이다. 무엇보다 '시의 죽음' 이라는 담론이 무성한 것이 현실이다. 이런 급격한 변화의 시대에 이희정 시인의 시집《기쁨의 수로》는 시적 자아의 회복과 자아 확인을 통한 '참나' 라는 정체성을 새삼 돌아보게 해 준다. 그의 시편은 삶의 진실을 서정의 메타포로 치환함으로써 삶에 깊이 뿌리내린 애정과 정체성을 확인해 주는 한편, 이미지 형상화 기법에 있어 매우 여유롭고 평화로운 자족의 자유를 누리며 섬세하고 참신한 언어를 묘사하여 새삼 세인의 주목을 받고 있다. 또한 구도자적 미학 추구라는 시적 이미지를 통해 영혼의 언어들을 뭉클하게 쏟아냄으로써 독자들로 하여금 종교적 감흥에도 흠뻑 젖어들게 한다.

시인 이희정은 꼼꼼하고 결백한 성격에다 자부심도 매우 강해서 나갈 장소와 나갈 때를 분명히 아는 사람이다. 특히 자기가 맡은 일에 대해서는 책임과 의무를 다해 있는 힘을 유감없이 발휘하여 보기 좋게 해치우는 사람으로서 매우 신중하며 결코 경솔하게 일처리를 하지 않는다. 문학적 역량으로는 특별히 시 창작에 있어서 매우 단단하고 안정된 시를 쓰고자 노력하는 시인으로서 상냥한 품성에다 예쁘게 성장한 자식들을 보람으로 여기며 하루하루 즐겁게 사는 사람이다.

본고에서는 이희정 시인의 명품시 중에서 '삶의 진실과 구도자적 미학 추구' 라는 측면으로 한정하여 몇 편을 선하여 그 시편들에 담겨 있는 삶의 진실에 뿌리내린 애정과 정체성을 확인하고 의미 공간을 확대하여 구도자적 미학 추구의 구체적인 부분을 살펴보고자 한다.

2. 이희정 시의 삶의 진실과 구도자적 미학

우선 이 시집의 표제시 〈기쁨의 수로〉를 감상해 본다.

해안선이 길수록
칼바람이 많이 다녀간다는
바다에도
봄이 부화중이라고
소식이 왔다
눈부신 날갯짓만으로도
모습을 알 수 있는
바다오리들도
홀가분한 영혼을 멀리서
눈부시게 한다
속삭일 수조차 없었던
내 틈새에도
물소리 들린다
부처가 앉아있는 끝
나한의 호기심을
초승달로 바꿔놓는다
슬픔이면 어쩌랴
고독이면 어쩌랴
내 속에 강물을 흐르게 하여
수로를 만들어 놓는
기쁨 다섯 개

– 〈기쁨의 수로〉 전문

이 시 〈기쁨의 수로〉는 이 시집의 표제시로서 불가 수도의 참다운 상징어 '나한'을 내세운 이희정 시인의 다양한 시 소재 계발의 흔적을 뚜렷이 보여주고 있다. 더불어 문학의 다양성 추구에 근거한 시정신으로써 현대 시인이 다뤄둘 만한 시, 특히 불심이 돈독한 이희정 시인의 '붓디즘'이라는 종교적 가치와 심신 수련의 참다운 깨우침을 그득 담아내고 있다. "해안선이 길수록/ 칼바람이 많이 다녀간다는/ 바다에도/ 봄이 부화중이라고/ 소식이" 오고, "눈부신 날갯짓만으로도/ 모습을 알 수 있는/ 바다오리들도/ 홀가분한 영혼을 멀리서/ 눈부시게" 하는 모습을 바라보면서 "속삭일 수조차 없었던" 화자의 틈새에 물소리 들려오는 바닷가 정경, 그 아름다운 회화적 분위기에 환영처럼 파고드는 부처, 그리고 스스로 그 부처의 정법을 지켜나가는 나한(羅漢)이 되어 새로운 시작을 여는 초승달로 바꿔 놓는다. 사람에게는 눈 · 귀 · 코 · 혀 · 피부인 오관(五官)이 있다. 이 다섯 가지 감각기관이 있기 때문에 세상의 모든 것을 하나하나 알아가게 된다. 오관은 앎의 원천(源泉)인 것이다. 몸속 곳곳에 강물 같은 수로가 생기고 그 수로를 기쁨으로 가득 흐르게 하니 슬픔과 고독이 밀려온들 곧 사라지는 것이 아니겠는가.

친정집 대문 앞에
일렬횡대로 늘어선 배롱나무는
유월이면 수많은 꽃을 매달았다
엄마의 사라지는 기억들을

진분홍 꽃잎에 매달고
발걸음 서툴 때마다
먼저 간 아버지 웃음처럼
토닥거려 준다

여름의 뒷모습에 갈바람이 스며
촘촘한 꽃은 더 울창해지고
엄마 보러 고향집에 가면
붉은 꽃가지 흔들며 나를 마중한다
백일을 기다리면
엄마의 기억 초롱해질까
두 손 모은 내 눈물 알아보고는
백 일 동안 꽃을 피워
엄마를 지키고 있다

– 〈고향집 배롱나무〉 전문

이 시 〈고향집 배롱나무〉는 오뉴월의 사모곡(思母曲)이다. "엄마의 사라지는 기억들을/ 진분홍 꽃잎에 매달고/ 발걸음 서툴 때마다/ 먼저 간 아버지 웃음처럼/ 토닥거" 리며 어머니의 삶을 지탱해 주는 고마운 나무인 것이다. "여름의 뒷모습에 갈바람이 스며/ 촘촘한 꽃은 더 울창해지고/ 엄마 보러 고향집에 가면/ 붉은 꽃가지 흔들며 나를 마중" 하는 인식과정에서의 어머니에 대한 이미지, 그 삶에 대한 은유적 표현이 "백일을 기다리면/ 엄마의 기억 초롱해질까/ 두 손 모은 내 눈물" 처럼 가득 넘쳐나는 사모곡이다. 시 문장의 구조가 촘촘하여 어쩌면 풀어 헤쳐 설명되기를 거부하는 시이다. 어머니에 대한 사랑의 시는 정적인 이미지를 벗어나 동적인 이미지로 활력을 찾고 싶어 한다. 바로 〈엄마〉에서처럼 활기찬 스킨십을 표출하는 사모곡으로.

핸드폰 바탕화면에
엄마가 해맑게 웃고 있다
아침에도 저녁에도
내 볼에 대고 비비면
파랗고 노란 물방울이
뾰롱 뾰롱 움직인다
최신식 핸드폰의 조화다
갈 수 없어도, 오랜만이어도
이렇게 엄마와 나의 소통이
날마다 하늘이 되고 별이 된다
슬픔이 간절하면 눈물이 되는 것처럼
기약이고 소망인 것이 솟구친다
이 나이에도 엄마와 살고 싶은 꿈
그래도 고마운 것은
엄마가 이 세상에
존재한다는 것이다

– 〈엄마〉 전문

이 시는 "핸드폰 바탕화면에/ 엄마가 해맑게 웃고 있다"로 시작한다. 그리고 "아침에도 저녁에도/ 내 볼에 대고 비비면/ 파랗고 노란 물방울이/ 뱐롱 뱐롱 움직인다/ 최신식 핸드폰의 조화다"로 이어진다. 스마트폰(핸드폰)이 대세인 첨단 고도산업화 시대의 스피디하고도 번잡한 사회적인 페노메논(phenomenon, 현상)은 그 반대급부적 요청으로서 안정된 감각 상황을 적극적으로 수용하려 한다. 여기서 첨단 과학시대에서의 시의 소재와 제재(題材)는 다양하기 마련이다. 그러기에 새로운 현대시의 다채로운 창작물이 등장하게 되는데 시인은 누구나 여러 가지 형태의 새로운 시창작법을 시도하고자 한다. 이 시집에서 〈엄마〉를 뽑아 읽으면서 이렇듯 새로운 시세계의 전개는 독자에게 현대시의 새로운 가능성을 제시하게 되는데 그 자체만으로도 성공적이라고 말하고 싶다. 다음으로 내리사랑의 한 전형을 보여주고 있는 〈베가, 데네브, 알타이르 행성을 찾아서〉를 살펴보자.

사진을 취미로 가진 내 아들은
어린 날 우주소년단 단원이었다
성인이 되어서
카메라장비병에 빠져 수많은 장비를 섭렵하다가
십 년이라는 세월이 흘러 갔다
무거운 장비를 지고
산을 오를 때도, 암벽을 탈 때도
카메라장비를 짊어지고 다녔는데

세월 따라 이리 저리 검색을 하다가
은하수 촬영이 눈에 들어왔다
달을 촬영하다가 은하수를 만났을 때
별들의 세계가 꿈과 희망으로 가득 찬 것만 같아
목성과 토성의 촬영을 꿈꾸기도 하다가
가난의 좌절에 부딪히고 말았다
돈 열심히 벌어서 취미로 써도 티가 안 나는 날까지
하늘을 담아보고 싶다는 내 아들의 스토리를
몰래 들여다보다가
가난한 에미는 눈물이 펑펑 났다
오늘은 이월 마지막 날
함박눈이 펑펑 내 눈물 속에서 녹고 있다
아들의 행성은 멀리서 반짝이고

– 〈베가, 데네브, 알타이르 행성을 찾아서〉 전문

이희정 시인의 〈베가, 데네브, 알타이르 행성을 찾아서〉의 세계도 새롭다. 우선 시 작품의 마지막 결어에서 시 표제를 형상화시키는 도치법 구사도 흥미롭거니와 과연 현대시의 새로운 시미학적 대상은 무엇일까 하는 의문에 '이 작품이 그 해답입니다' 라고 답하는 느낌이다. 시는 너무 도식적으로 다룰 때 넋두리가 된다. 이 시에서 형식에 구애받지 않고 편안한 분위기로써 일상을 우주의 세계로 넓히고 유년의 꿈과 현실을 직관하여 모자(母子)의 감성을 시적 배경으로 담담하게 그려낸 이희정 시인의 따뜻한 감성이야말로 독자들에게 훈훈한 감흥을 불러일으키면서

잔잔한 감동을 전해준다고 하겠다.

"돈 열심히 벌어서 취미로 써도 티가 안 나는 날까지/ 하늘을 담아보고 싶다는 내 아들의 스토리를/ 몰래 들여다보다가/ 가난한 에미는 눈물이 펑펑 났다/ 오늘은 이월 마지막 날/ 함박눈이 펑펑 내 눈물 속에서 녹고 있다/ 아들의 행성은 멀리서 반짝이고"라는 후말 결어부분은 엄마로서의 심적 내면을 인간의 삶의 양식에 비추어 심도 있는 규명을 한 독특한 시적 표현 기법으로써 이희정 시인은 어느새 독자들의 감성을 압도하고 있다. 시는 물론이고 감성이 없는 표현은 다른 모든 문학 작품에 있어서도 죽은 글이 아니던가. 따라서 〈베가, 데네브, 알타이르 행성을 찾아서〉에서처럼 시인의 감성 언어는 독자들의 눈물샘을 자극하는 동시에 시적 이미지 전달에 있어 부드러우면서도 역동적으로 작용하여 생기 넘치는 시로서 살아 움직이는 회화 한 편을 감상한 느낌이랄까.

3. 나가면서

이상, 전반적으로 삶의 진실과 구도자적 미학을 추구하며 건강미 넘치는 이희정 시인의 시세계를 섭렵해 보았다. 결론은 발상이 순수하며 세련된 시어 탁마로 창작 표현미를 더욱 아름답게 보여준다는 것이다. 그야말로 역동적인 가편(佳篇)들이라 칭하고 싶은데 특별히 공감되는 것은 이 시편들의 내면세계에 강력하게 응집된 '개성'

(personality)이 더욱 강고하게 표출되었기 때문이라 보고 싶다. 개성미 넘치는 시는 시문학적인 새로운 창작적 가치며 그 이상의 구현이다. 그것은 시상(詩想)을 자신의 내부로 받아들여 객관적으로 창작하여 발산하는 '초자아'(超自我)의 시세계로서 더욱 평가받는 것이다.

이희정 시인은 제7시집《기쁨의 수로》의 '자서'에서 이렇게 토로한다. "나도 당신도 어느 수로의 물이려니 세상을 흐르다가 함께 방랑을 멈추려니《기쁨의 수로》를 펴낸다. 시와 교신하는 나는 지금도 사랑을 하고 지금도 그리워한다"라고 회한 어린 감동의 말을 술회하고 있다. 왜 아니겠는가. 시 창작이야말로 산고의 고통이 뒤따라야 비로소 감동을 주는 역작이 되는 것이기에 더욱 처절한 산고의 고통을 감내하였으리라 믿어진다.

모처럼 좋은 작품을 감상하게 해준 이희정 시인에게 다시금 고맙다는 인사를 보태며 대중에게 더욱 사랑 받는 시인으로 거듭나길 기대해 본다.